다하지 못한 그리움

김재덕 시집

시음사
시사랑음악사랑

시인의 말

시를 가꾸고 조명하는 작업은 어쩌면 숙명적 이유에 의해 진행될지 모르겠다 나는 내 시의 소재가 대저 내가 체험한 절대적 이유의 하나로 출발된다고 보면서 시를 쓰기 시작했다.

지금까지의 내 시에 대한 통로를 보면 조금은 거칠고 미완성의 기교나 언어의 조명이 불투명하게 진행되고 있음을 느낄 수 있다. 이런 점 하나씩 교정해 가면서 시의 미래가 예약되지 않겠는가 하는 생각이다.

또한 시적 진행이 계절과의 교감이 밀착되고 있음도 느끼게 되고 인연의 관계에 대한 조명도 서둘기에 이르렀다고 본다.

이번 시집을 꾸미어 주신 출판사의 사장님 편집진과 시집 제목을 캘리로 만들어주신 김종기 캘리 작가님, 표지 그림을 그려주신 최하정 시인님에 대한 고마움도 같이 나누고 싶고, 그 외 저를 물심양면으로 아껴주신 스승님과 문인 활동 열정으로 임하시는 제자님들께도 감사함을 전하고 싶다.

2020. 입동에
시인 김재덕

♣ 제 1 부 겨울이 뿔났다

QR 코드 스마트폰으로 QR 코드를 스캔하면 시낭송을 감상할 수 있습니다.

 제목 : 하얀 이야기
시낭송 : 김혜정

 제목 : 광안리에 가면
시낭송 : 김지원

♣ 제 2 부 슬픈 소야곡

QR 코드 스마트폰으로 QR 코드를 스캔하면 시낭송을 감상할 수 있습니다.

 제목 : 반딧불
시낭송 : 박남숙

 제목 : 가로수 길
시낭송 : 김금자

♣ 제 3 부 기억이 슬퍼질 때

제목 : 유리창
시낭송 : 김금자

제목 : 커피 향
시낭송 : 박영애

제목 : 그곳에 가면
시낭송 : 박영애

♣ 제 4 부 발자국

♣ 제 5 부 눈물의 의미

제1부 겨울이 뿔났다

ℰℒℴℴ

첫눈이 내리는 날엔

들뜬 청춘들의 시끌벅적함에

뿔이 난 겨울이 냅다 싸대기를 날리고

함박눈으로 하얗게 덮여버렸는데도

허 참, 이산 저산 언덕배기에

어른, 아이 할 것 없이 난리가 났다.

하얀 이야기

달빛 어린 벚꽃이 요요한 신비로
가슴을 향해
하얀 독백을 날립니다

황망한 언어가 무색하리만큼
통예랑이 흐르는 낙화의 몸짓으로
허우룩한 노래를 지우고 있습니다

무음의 빈 자리에서
날아도 새가 되지 못한 꽃잎이
하얀 마침표를 찍는

여리고 여린 연둣빛에
짧은 인사를 남기는 촉촉한 이별에서
애틋한 염원을 봅니다

나무와 맺은 달콤한 밀애가
가로등과 달빛에 들켜도
꽃잎의 의지는 꺾일 줄 모릅니다

더 나은 인연을 위해
겉모습을 과감히 벗는 이유가
여물게 하는 것이라면서

제목 : 하얀 이야기
시낭송 : 김혜정
스마트폰으로 QR 코드를 스캔하면
시낭송을 감상할 수 있습니다.

* 통예랑 : 예술적인 느낌이 잔잔하게
　　　　통한다는 뜻으로 창출하여 활용함.

광안리에 가면

광안리에는 詩가 흐른다
모래알을 깨우고 파도를 불러들여
밀어의 풍선을 띄운다

그 풍선에서 노닐던
알쏭달쏭한 감성들이
윤슬의 썰매를 타고 파도의 그네를 탄다

구릿빛 나는 청춘남녀들
밤새워 태운 불나방의 열정도
새벽이면 해무를 뚫은 갈매기가 낚아챈다

한때는
저 먼 수평선에서 잊었던 꿈을 찾으며
가슴 시원한 파도가 후회를 물었었지

이젠, 그마저 詩가 된다
모래알이 서걱거리는 비음도
발등을 살포시 덮는 물결의 감촉도
하얗게 사르던 사랑이

인생 기억할 수 있을 때
삶을 두고 아픈 가슴을 달래는
광안대교 조명처럼 그 마음 훔치겠다.

제목 : 광안리에 가면
시낭송 : 김지원

스마트폰으로 QR 코드를 스캔하면
시낭송을 감상할 수 있습니다.

단풍을 탓하지 마라.

여름날 땀 흘린 잎새가
느닷없이 붉어지려는 가을
해풍에 단풍이 물든다

갯장어 조개구이 냄새에 취한
참치 따라 새벽안개 헤치던
꿈결마저 행복 했으리

나목에 매달린 관념 껍질을 벗기는
숱한 언행의 엇갈림은
스리슬쩍 나뭇잎으로 떨어지기 전
잎새의 자존감을 지우겠다는 한밤중

미워도 내 가슴속에서
그리워도 내 눈물 속에서
보고파도 인내로 버텨야 한다

왜, 너는 붉어져야만 하고
길고양이 행복한 용트림도 모르면서
낙엽으로 바스락거리려는지

그런 후
갈 까마귀 울음소리 가슴에 박히거든
낙엽 따라 숲에 가서 하얗게 태웠는지
단풍에 물어봐라.

겨울이 뿔났다

겨울이 무섭게 다그치며 사랑에 푹 빠진 잎새들을 떨쳐놓더니 배추 무에 소금 세례 하듯 팍팍 뿌려 기를 죽여놓은 것도 모자라 뜨거운 가슴을 움츠리게 하며 손발이 시리도록 냉기를 뿜는 것은, 다 그만한 이유가 있다면서 구시렁대는 입들을 틀어막는다. 봄에는 설렌 가슴 달랜다고 용쓰고 여름에는 덥다고 발광하고 가을에는 등 따습다고 사랑질해대니 그러다 제 명에 못 산다는 겨울이 내실을 다지며 깊은 꿈 꾸라는 데도 휑한 바람은 낭만 있어서 좋고 첫눈이 내리는 날엔 들뜬 청춘들의 시끌벅적함에 뿔이 난 겨울이 냅다 싸대기를 날리고 함박눈으로 하얗게 덮어버렸는데도 허 참, 이산 저산 언덕배기에 어른, 아이 할 것 없이 난리가 났다. 어이없다는 산짐승의 휘둥그레한 슬픈 눈동자 본 적이 있는가 겨울 가슴은 텅 빈 운동장 같다.

심혼

석양이 아무리 붉다 한들
내 심장의 피와 견줄 수 있을까
꽃들이 아무리 황홀하다 한들
그 설렘보다 기쁘기야 할까

여울이 빠르게 흘러가듯
뜨겁던 혈맥이 뜬금없는 된서리처럼
동그라미 멍에가 덕지덕지 앉아
내 심혼을 짓누르고

하물며 봄날의 화사함도
지워버린 땡볕이 화장발 짙은 잎새의
치마폭을 살랑거리게 한들
각인 된 추억마저 지우겠냐만,

그 아픔 또한 내 몫이려니

그랬건만
해와 달빛은 왜 그리 따갑고 시리던지
세파에 고개 숙인 가슴은
며칠째 모래알이 서걱거렸다.

소설

밤사이 찬 이슬이
낙엽에
사뿐하다

애끓는 눈물일까
서릿발
통곡인가

햇살은 빈둥대다가
얄밉게
사라진다.

꽃이 하늘거린다

함박눈처럼 쌓여만 간다
하늘엔 먹구름 끼고 바람 불어
여린 흰나비 떼가 나풀거린다

동백꽃에 오매불망한 소식 전하는지
살포시 앉아 소곤거리며
다정한 연인의 어깨마저 어루만지는

이 아름다운 날

그대 손을 잡고 말없이 걸어도
늘어가던 주름이 멈출 텐데
풋풋한 미소를 저 꽃비에 싣는다

연분홍 꽃비는 끊임없이 휘날리는데
편치 않은 내 마음은 먹구름인 양
갈팡질팡 우울함이 스민다

꽃이 지면 세월의 나이테는 더께 지고
또 다른 봄날이 더욱 화사할지언정
함박눈 내리는 이 순간, 좋기만 한데

곧, 비가 내리겠다.

반딧불

얼마큼 참았을까
절제된 마음이 숙명적인 삶이었는지
까만 풀숲에 빛으로 논다

이슬 머금은 어눌한 혼불처럼
평온할 어둠을 찾아 반짝거릴지언정
가슴에 불꽃을 태우겠다는 것일까

별빛은 그다지 마음 주지 않는 데도
초록빛이 풀숲을 품으려는 설렘마저
초월한 열정을 달빛은 모른 체한다

차마, 별빛도 그 빛을 탓하지 못하고

하마터면, 반딧불 가슴속의 순정이
소쩍새 소름 돋친 일갈에
철렁 내려앉는 전율이 흐를 뻔했을
새벽이슬 내리는 시공간

끝내 아파질 저 반딧불 비애처럼
슬픈 예감의 고삐 잡은 여명이
도리깨질하듯 몰고 온다.

제목 : 반딧불
시낭송 : 박남숙
스마트폰으로 QR 코드를 스캔하면
시낭송을 감상할 수 있습니다.

16

휘둥그레진 잎새

달빛 타고 내려온 이슬비에
촉촉이 젖어 갈 곳을 잃은 잎새를
무르팍 관통해버릴 소슬바람이
붉기도 전에 낙엽의 길을 떠나란다

올가을엔 그리 벼렸건만
저 위에 무슨 사연이 있었길래
한 서린 태풍과 차디찬 빗줄기가
이토록 가혹한지

처량한 이파리 솜털마저 떨군 채
때가 아니라며 황당한 마음 삭이다가
부지런한 개미에게 업혀 가는 신세

서럽다
다들 저리 붉어지려는 계절에
왜 하필 나인지, 의문을 가져봐도
하늘은 아랑곳없이 찬 이슬만 뿌린다

그래, 가야 할 길이라면
튼실하게 자랄 나목의 거름이 되어
훗날 못 누린 사랑을 받고 싶은데
애꿎은 운명인가 개미한테 쩔쩔맨다.

낙엽 지면 눈꽃도 피겠지

이별 앞에 연민과 미련을 두듯
붉어진 단풍이 머뭇거린다

추억이 거꾸로 흐르는 세상이 와도
관여하지 말라고 단호하면서
바람의 눈치 보는 단풍아

고작 잎새만 태우고
오르가슴 정점의 흐느낌도 없이
어찌 온몸 불사른 갈대 흉내 내려는지

허 참, 지나가던 까마귀 방귀 뀌겠다

처절한 생이여도 저리 기다리는
백 동백, 홍매화도 있건만
살랑거린 잎새만으로 바람을 맞겠느냐

흘려보낸 바람이 어느 날 그립거든
하얀 조가비 속에 그대 가슴 담아
낙엽 속으로 던져버려라

그 얇은 진실 들키지 않게..

칼국수

힘겹던
농사일로 때늦은 저녁 준비
반죽한 칼국수를 화덕에 불 지피니
바지락 칼칼한 맛이
덕석 위에 감돈다

가마솥
삶은 팥을 곱게도 걸러내던
어머니 정성 쏟은 별빛이 초롱초롱
장독대 위 팥칼국수
한 그릇 먹고 싶다

보고픈
고향산천 연분홍 피었겠지
그 시절 그 추억 속 먼 하늘 달무리가
왜 이리 맴도는 걸까
엄마 손맛 그립다.

살다 보니

햇살은
행복이요
달빛은 愛心이다

윤슬에 희망 품고 파도에 가슴 연다

해와 달 변화무雙하듯
행불행은
내 탓이다.

홀씨가 뿌리 내리면

화사한 들꽃들이 오손도손
정감을 나누는 따스한 날에는
그대 심장 녹일 사랑 꽃이 되고 싶다

그대에게 보냈던 숱한 바람이
산비탈을 넘지 못하고
맥없이 글썽이며 소로 가에 주저앉아
서럽게 뿌린 눈물의 흔적일지라도

햇살 소인으로 내게 온 봄 편지에
하얗게 흩어졌던 사랑이
노랗게 피어난다

그대와 나의 꽃밭에 사랑비가 내리면
설레는 숨결이 머무는 곳마다
생명의 별들이 둥근 우주 속에
초롱초롱하게 빛난다

아늑한 저편에서 건너온
홀씨 사랑이 별같이 스며있다는 걸
바람이 불다 멈출 때 깨달았어

오랫동안 붙잡았던 연민을
깃털보다 더 가볍게 띄워 보내니
온기 깃든 솜털이 얼었던 그대 가슴에
희망의 꽃이 피어나겠지

그댄, 아시나요

붉게 타오르던 노을이 가려 한다
곧 어둠 속에서 빈 마음 몸서리치겠지
거미줄에 하루살이가 대롱거리듯
살가운 미소 끝엔 아픔이 매달린 거야

햇빛에 살갗이 벗겨진 쓰라림도
침묵 속에 묵언을 사랑하듯이
이젠, 쓰디쓴 커피 마시듯 삼켜야 해

반짝거리는 별빛을 쫓다가
포근히 감싸줄 달빛 찾는 고라니처럼
나그네 삶에 젖은 인생이

비록, 달을 품는 생각만으로
심장 붉어질 인연이라면
사바세계 숙명에 해맑게 웃는 거야

먹이사슬의 비명에 소름 돋칠
그 고통마저 감내한 슬픔 속의 미소를
갓 피어난 봉선화도 안다는데
그댄, 아시나요

가로수 길

샛노란 은행잎이 볕뉘에 반사되어
황홀한 신천지를 연출한
담양댐 가기 전 은행나무와
무주 가는 가로수 길 잊을 수가 없다

삼락공원의 벚꽃 40리 둑길도
송도 해파랑도 그 느낌 견주지 못할 여운이
가슴속에 영원히 잠들 것이다

흘렀다, 수많은 세월이
내 아이들 앞세운 젊은 날의 여정
품 안에 깔깔거리며 자연에 동화되던 그 시절이

쭉 뻗은 가로수 길은
헛된 망상과 사리사욕마저 버리고
올곧은 바람같이 지나가라는가

그 푸르름도 인품도 퇴색되는데
그래도 다시 피어날 너희 청춘이거늘
내 청춘 어디에도 찾을 수 없다

꽃은 피고 지고 또 피고
인생은 한번 지면 다시 못 올 곳으로
어기적거리는 인생살이 섧다.

제목 : 가로수 길
시낭송 : 김금자

스마트폰으로 QR 코드를 스캔하면
시낭송을 감상할 수 있습니다.

억새야, 억새야

억새는
단풍의 마음을 훔쳐내어
윤슬로 여미어 하얗게 울어댄다

밤엔 처량한 달빛에 울고
낮엔 철새들 날갯짓에 애끓다가도
피고 지고 뜨고 지는 이치에
어설픈 자존감 내세운 펄럭거림일 게다

까닭 없는 흔들림 없고
이유 없는 울컥거림 없을진대
제풀에 꺾일라

간혹, 몸서리치는 것만으로도
힘겨운 가슴 쓸어내리는
부평초 같은 삶에 은빛 물결 부럽다

억새는 바람 따라
제 맘대로 울다가도 덩실덩실하는데
난 눈물도 흥겹지도 않다

네가 실컷 살랑거려도 두 번 다시
갈대라 비약하지 않는다면서
또 너보다 못한 설핏한 마음이 낯설다.

마음과 생각

마음이 고요할 땐
새소리가 정겹도록 청아했습니다
그 창의 담을 쌓아버리니
시냇물 소리마저 들리지 않습니다
평온의 소리가 들리지 않은 건
하얀 마음이 두렵기 때문입니다
가슴 떨릴 만큼 창을 열었던 것은
거짓 없는 마음을 안아보겠다는
최상의 존중이었습니다
홀로 껌벅거릴 깊은 밤일지라도
별과 달이 있었기에 행복했습니다
숨통이 막힐 그 열기에는
시원한 소나기 다녀간 것만으로도
인내하며 미소지었습니다
그런데, 연륙교가 무너지듯
길 아닌 길을 가다 길을 잃은 것처럼
날벼락이 태워버린 이 가슴을!
회오리가 몰고 온 이슬비는
왜 그칠 생각이 없었던 건지
황망한 감성을 적시고도
미덥지 못한 인연의 선을 긋습니다
내 마음 아는 짙은 물안개는
아직 오리무중이겠지만
그대와 나 그림자이면서도
낯설게만 느껴집니다.

25

설악산

설악산 우듬지에
황홀한
분홍빛 운무

새색시 벌렁 가슴
밤새운
여운인가

얼마나 불살라길래
사방팔방
난릴까

어느 봄날에

겨울은 차갑던 움츠림이었어. 그런데 살얼음마저 깨면서까지 그 답답한 가슴 열어젖힌 붉은 심장이 하품한 하얀 그리움들 비누 거품처럼 몽글몽글 솟아 살랑거리는 치맛자락에서 뻐꾹 뻐꾹 옆 동네 잘생긴 봄바람 총각을 기어이 불러들이고 말았어. 아니나 다를까 메마른 봄 처녀들 빈 가슴 들뜬 허황한 바람이 잔뜩 부풀었는지, 연둣빛 설렘이 은하수처럼 흐르던 그새를 못 참은 봄 처녀가 핏덩이를 낳아버렸으니 어찌할까. 격분한 꽃샘 총각이 어찌나 매섭게 닦달하는 심술보에 갓 태어난 아기가 웃지도 못하고 소풍 가버렸으니 그 가슴은 어이하나. 슬픔에 빠진 봄 처녀들에게

바람 총각은 입심 좋게도 볼우물 후끈거릴 훈훈한 바람으로 또 다른 사랑이 불끈불끈 설렌 걸까? 입술은 얼마나 빨아댔길래 퉁퉁 부어 피멍울이 터져버린다. 맙소사, 며칠 사이 이쁜 새색시들이 동네방네 수두룩하던 어느 봄날에, 부끄럼도 없이 해맑게 웃는 봄 처녀들 누가 예쁜지 진짜 모를 지경인데, 석양은 붉게만 타오른다.

장대비 내릴 때면

장대비가 몰아치던 그 날
왜 구슬프게 갈목이 흔들어댔는지
소싯적엔 알 수가 없었다

저승길 아쉬워 내 가슴놀이 어루만졌을까
몸서리치듯 왈칵 쏟은 설움을
가냐른 갈대가 알고 흐느꼈으리라

번갯불에 소름 돋친 이별을 남기며
도랑물 따라 내리사랑 멀어져 가는데
붙잡지도, 다시 느낄 수도 없다는 게
모가지 떨군 목련보다 더 슬펐었다

이젠,
고향 무덤가 소나무도 짙어졌겠지만
칠흑 속의 은하수가 아스라하듯
갈수록 그 사랑이 염통 아리게 한다

때때로, 처량한 달빛에 저미고
빗소리에 당신네 품이 몽글거리면
이 세상 둘도 없는 부모 사랑이
붉은 노을에 치댄다.

첫사랑처럼

이 가을
아파지지 말자면서
또다시 젖어 들고 흐느끼며
연민과 설렘 속에서
허우적거리게끔 계절은 불타는데
초연하게 지낼 이 뉘 있으랴
나도 그럴진대
그대라고 별수 있으려나
태워보지도, 샛노래지기도 전에
낙화한 나뭇잎들의 언어가
소슬바람 타고
명치끝에 자리 잡는데도
가슴은 가렵다.

홍시

보드라운 가을 햇살에
주홍빛 볼 붉히는 너에게로 간다

막바지를 향한 몸부림이
겨울로 가는 길목에 서서
너를 바라며 상념에 드는
달콤한 유혹은 황홀한 속삭임

만추를 담은 얼굴에
최선의 길을 걸어온 아름다운 빛을 담았다

자연의 언어로 한 생을 이야기하며
제 몫을 다하는데
우리네 삶은 시름과 고통을 향하고

찬 서리 맞으며 맛이 깊어 갈 즈음
이별을 노래한다

청춘이 익어가는 세월 속에 나의 삶도
꽉 찬 끝맺음을 하고 싶음은
욕심이 아니기를.

털 빠진 갈매기

하얀 물보라가
그대 살랑거림이었다면
시리디 시린 시퍼런 바닷물은
내 가슴이었다

붉게 탄 단풍이
당신 심장이었다면
낙엽이 바스락거리는 소리는
나의 한숨이었다

그토록 "황진이"면서
심장 섬찟하게 한 새침데기였으니
난, 시퍼런 바닷물이요
그대는 낙엽이었나 보오

우린 바람 따라 나부낀 허무일까요

그렇습니다
서로 마음과 몸이 닿아야
참기름 물씬물씬 시뻘건 단풍일 텐데
털 빠진 갈매기야, 넌 춥겠다.

꽃망울 맺을 때

삭풍이 불던 어느 날
시리게도 차오른 보름달의 향수를
유영하던 바람이 잘근잘근 삼켰다

심장 쿵쿵하던 꽃망울은 옷깃을 풀고
들고양이 소야곡에 선잠 들 때도
얼핏 수전증 걸린 앵두였다

달빛과 바람이 귀엣말 속삭이면
부끄러운 꽃잎은 두둥실 달을 품고
새벽을 들뜨게도 달릴 것 같아
거침없는 바람이 아픔을 밀어낸다

파도가 바위에 부서지고
하얀 물거품 너울 파도가 삼키듯
붉었다 하얘졌다 고개를 떨굴 동백아

꽃잎에 스민 눈꽃의 여운마저
햇살이 녹여주고 가슴으로 다가서면
바람의 밀어를 기억하여 흰 눈 속에서
또, 격정의 꽃망울 터트리겠지.

제 5 부 슬픈 소야곡

그립던 흰 꽃송이

봄날의

벚꽃일까

세월은 쌓여만 가고

오매불망

힘겹다.

계절이 바뀔 때마다

한 계절 지날 땐 아쉬움만 남는다

세월의 무상함에 생각이 깊어지는 건
봄처럼 태어나서 겨울로 향하다
스러질 인생일진대 물불 안 가리는 삶의 애착에
기대가 컸던 것은 아닐까

현실을 직시한 삶만이 옳겠는가
청운을 잊고 황금만능주의에 부대낀
뱁새 가랑이만 찢어지겠지

싱그럽던 꽃이 지듯
청춘 희미해지는 새끼줄 같은 삶에
추억이 머문들 무슨 소용 있을까

계절이 지나감에 슬프고
인생 덧없이 흘러감에 아파지고
말 못 할 사연에 가슴 미어질 텐데

그렇게 서글픔에 속끓여야 하는지
숙명 아닌 운명에 되묻고 싶어도
그런들 멍울진 기억으로 남을 것이다

봄 여름 가을 겨울 사계절처럼
내 인생 아름답게 피웠었다면
기꺼이 함박눈 맞으며 소풍 가겠다.

몹쓸 사랑

생각만 해도 눈물이 난다
아리고 슬픈 마음에 심장 조인다
사랑하다 허파에 바람든 황량함도
갓 뽑은 알싸한 무 열 개랑
청양고추 스무 개를 우걱거렸던
그 매운맛일지언정
난, 그것마저 기꺼이 삼키고 말겠다
당신의 마음 모든 것을
이 가슴에 담았는데도
끝없이 그리움 짓다가 몸서리친다
그대가 날아갈 것 같은 불안감에
잠 못 이루며 또다시 안달한다
아,
절절한 하늘이여
애가 타서 미워하고 또 그리워하며
몹쓸 사랑에 하염없는 눈물로
멍 때리다가도
미치도록 쿡쿡 찌른다.

가을이 참 좋다

갈바람이 열정을 식혀주고
코스모스 허수아비 덩실거리는 춤에
잎새의 가슴이 덩달아 붉어지려는
가을이 참 좋다

쪽빛 하늘이 황금 물결에 웃음 짓고
다람쥐 볼때기의 행복한 고민으로
또 다른 미래가 열릴 것 같은
가을이 참 좋다

아직은 녹음 짙은 산등성이에
옹기종기 모인 뭉게구름 수다가
솔깃한 태양이 사랑질하는 저녁놀의
가을이 참 좋다

오색으로 물들어 알콩달콩 속삭이다
황망을 안, 빈 가슴 바스락거릴지라도
뜨거웠던 만큼 하얀 세상을 동경하는
가을이 참 좋다.

모닥불

태웠다, 열정이 남은 삶
청춘의 덫에 걸린 사랑과 인생
눈썹이 파르르 떨 정도로

아팠다, 불구덩이 같은 인생살이
거친 인연에 부대꼈던 눈물로
가슴 답답하게

뜨거웠다, 희망을 품고 꿈꾸던
행복한 미래는 그 어떤 감정에
비견할 수 없을 만큼 심장이 들끓듯

하얗게 변했다, 수많은 인연에
지친 허무와 허송세월 보내는 것 같은
안타까운 인생이 텅 빈 것처럼

뜨겁다가 식어버리는 이치와
비움의 해탈에 당당히 맞서다가
전율을 느끼며

그대 뜨거움에 흐느끼고 싶다
영혼에 박힌 불멸의 아픔까지
훨훨 태워버리고 승화시켜다오
모닥불아

강물이 흐르듯

머문 공간이 슬프기만 했던 가슴새
파랑새 심장이 아파지는 것도 모른 채
그 어둠에서만 날갯짓하려 한다

하늘이 푸르고 세상은 넓고 밝은데
왜, 가두려 하는 어설픈 이상에
언제쯤에나 밝은 빛을 받아들일는지

거짓 아닌 진솔함이 분명한데도
부정하려는 가슴새, 또 얼마나 아플까
그저 담담히 바라만 봤던 파랑새

그 파랑새의 담대한 외침이
허공에 메아리치는 줄만 알았는데
예민한 가슴새는 미리 알았나 보다

이래저래 아파질 사랑
그 마음 배려할 줄 아는 불여우가
토라진 파랑새 눈빛에 흠칫거린다

따뜻한 봄날에 만물이 움트듯
모든 어둠을 거둔 그대에게
해맑은 미소와 향기로운 감성이 더께 지기를..

슬픈 소야곡

한겨울 삭풍인데
햇살이
눈부시다

그립던 흰 꽃송이
봄날의
벚꽃일까

세월은 쌓여만 가고
오매불망
힘겹다.

백 동백

촉촉한 보슬비 햇살이 어르니
봄 처녀 젖가슴 부풀어 오르듯
백 동백 시리도록 피었다

애가 타
가슴 쥐어짤 슬픈 사연을 간직한
하얀 미소가 내 사랑 닮았다

지빠귀 짝짓는 부러움에
새초롬한 자태가 고요히 흐르는
처량한 달빛을 어찌 품었을까

그 옛날
슬픈 기억 되살아난 듯
빗속의 상여 꽃이 가슴에 피어난다

목련 장미보다도
어여쁜 그대의 마음 같아
누가 뭐래도 실컷 사랑하련다.

늦가을부터 여름까지

휑한 들녘의 허무를 탈속하듯
삶의 희열을 느낀 작은 씨앗이
생의 뿌리를 내립니다

낙엽과 갈대가 쓰러질 때쯤
쌓이고 쌓인 흰 눈에 짓눌려도
잔설을 뚫는 애틋함이 가없습니다

따스한 햇볕과 촉촉한 봄비에
제집인 양 대지를 푹푹 찌른 갈망을
해맑은 미소로 감싸주는 그 마음이
아름답다 못해 눈물겹습니다

아, 봄날은 그렇게 흘러가고

무더운 뙤약볕에도
꽉 차게 영근 알맹이와 파릇한 줄기가
꽃과 벌 나비들 무도회를 째려보며
물오른 죽대처럼 불끈거립니다

그리 조심하라 했거늘

양기 오른 돼지의 탱글탱글 불알처럼
못 참던 혈기를 들켜버렸는지
시장통에 까 보인 하얀 속살에
쑥덕거리던 사람들 눈물 쏙 뺍니다

약수터

은행나무 밑엔 생각이 흐르고
연민에 벅벅거렸던 인생이 흐른다

약수로 목을 축이며
미세먼지인지 안개인지 흐릿하지만
저 건너 건너 잔잔한 낙동강도 보인다

가을이라지만 잦은 빗줄기로
아직 녹음이 짙은 들녘
곧, 농익어가듯 울긋불긋하겠지

숱한 인생사의 껍데기는 늙어가고
마음만은 청춘인 난, 어디까지 왔을까
사뭇 새삼스럽다

까마귀 울어대는 숲속 볕뉘가 아름답다

곰곰이 하늘을 보니
범접할 수 없는 먼 하늘에 머물거나
보고프라는 인내의 거리감으로
애절한 그리움을 안긴다

목마른 자, 스스로 샘을 찾아
약수의 진미를 알듯
심적 고통마저 즐기라는 구름이
참, 예쁘다.

회상

솔잎에 맺힌 이슬하고
버들가지에 내려앉은 눈송이
누가 더 아슬아슬할까

엉금엉금 기어가는 지렁이하고
폴짝폴짝 튀는 벼룩
누가 더 멀리 갈 수 있을까

처절할 만큼 가난한 사람하고
병마에 생명줄 연연하는 부자는
누가 더 불안할지

보이는 것만이 다가 아닌 것을
선입견으로 판단해버리는 무지가
서로에게 상처를 주고받을 수 있는

그 인연들 속에서

내 삶이 어느 단두대에
난도질을 당한들 또 어떠하리

잘나고 앞세울 것도 없는데
그 뉘가 뭐라 한들 마음 편할까마는
이젠, 행복해지고 싶다.

흐뭇한 미소

폭설을 이고 달린다
돌다리 건너던 두근거림으로

언덕 밑에 푹 박힌
소년의 해맑은 미소

어라, 엉덩방아 찧은 소녀
또 얼마나 홍당무였던가

하얀 미소에 백구가 반했다

그렇게
먼 서녘 하늘에 머무는
어릴 적 꿈과 그 추억들이

슬금슬금 가슴을 후비면서
입꼬리 잡아끈다.

살아야겠기에

구부정한 적송처럼
내 삶이 보잘것없는 인생일지라도
푸른 마음으로 올곧게 살고팠어

선선한 바람이 귀엣말해주고
달근달근한 햇살이 시심 달래주면
그 설렘으로 붉은 노을 바라보고 싶었지

그러나, 생은 녹록지 않았어

갈증에 타들던 목축임도
날개 꺾여 헐벗은 자존감이
솜털을 뽑아내듯 뿔뿔이 흩어지고
지친 육신 기댈 그늘이 없었지

나의 삶이
벗겨지고 꺾여진 상처가 아팠지만
늘 바보처럼 파랗게 웃다 보니
새들이 날아와 둥지를 틀더라

살아보니
자연과 사람이 어우러질 만큼
즐겁게 살아야겠다는 깨달음,
내 아픈 가슴을 덧칠하듯 담으련다.

유리창

얇은 유리 벽을 두고
이기적 사유와 변명을 앞세운
꺼질 줄 모르는 불꽃은
경계선 밖에 서 있었습니다

심장의 두근거림은
유리창에 들켜버리지만
깊은 눈빛으로 까맣게 탄 그대 가슴에
꽃씨를 뿌리는 희망을 간직하며
화사하게 웃습니다

마음 흔들린 자리마다
새싹을 키우는 당신을 알면서도
짐짓 모르는 체
그 꽃을 사랑하겠다는 감성만으로

여름날 늘 그랬습니다

하얗게 지새운 밤이라도
속내를 모를 소소한 대화에
침묵하며 머무는 그대가 있어
나의 아침은 달콤하기만 합니다

따뜻한 당신의 시선을 느낀 오늘
햇살 번지는 행복한 미소가
그대에게 들킵니다.

제목 : 유리창
시낭송 : 김금자
스마트폰으로 QR 코드를 스캔하면
시낭송을 감상할 수 있습니다.

가을 들녘에서

굽이치는 가을이 내려앉은 들녘에서
아파하는 잡초와 들꽃을 밟아보고
메뚜기와 같이 논두렁을 타고 넘는다

어쩌랴 너희는 아팠을 테고
가을을 걷고 싶은 나그네의 욕구는
이리 멋을 부리는데 너희가 참아야지

소슬바람이 가슴을 뚫고
넉넉한 가을 향기가 마음 녹이며
파란 희망을 새기는
이 좋은 가을에
사랑으로 들뜬 단풍이 설렘을 안았고
벼 이삭 황금알의 풍요가 좋다

세속에 찌든 얼룩진 육신을
고추잠자리가 높이 날아오르고
종다리와 지지배배 벌써 부산하다

좋은 날도 때가 되면 가겠지만
이 순간의 행복을 즐기는 넉넉한
나의 영혼은 말간 하늘을 닮았다

아뿔싸
시선 끄트머리 어둠별 동으로 간다.

마지막 잎새

네가 아파했을 때 널 품지 못했어
고고하게 불타오른 줄만 알고
그냥 믿어버린 거지

그런데, 넌 그게 아니었어
온갖 탈색을 꾀하며 마지막 잎새마저
바람 따라 가버릴 꿍꿍이였어

흔들리지 말고 지켜달라면서도
마음은 콩밭이었던 널
에라, 미련 갖지 않았어

너 아닌 붉은 꽃은 어디에도 핀다는
자만감은 갈 테면 가라는 불손함이
나를 아프게 해

불타던 흔적마저 지우듯이
하나둘 허공에 맴돌던 너지만
부동의 나무가 삭정이 될 때까지

난, 그리움에 울컥거릴 거야

경험

인생
잔잔한 호수라면
살맛 날까

돌다리 덜컹대야
찌릿찌릿
건널 맛이 나듯

부대끼고 흔들려봐야
눈동자에
번갯불 튀지

마천루

황홀한
신비경이
구름 속 솟아났다

별천지 웬말인가
세상은 넓고 높은데
개구리만
폴짝인다

인생을
살다 보면
험한 꼴 볼 수 있지

좋은 일 주고받고
비비며
사는 거야

사납게 고시랑 말고
너나 잘해
사람아

내 안의 꽃비는 내릴까

비바람이 내 가슴을 데려간다
나풀거리는 환상적인 군무가
유토피아의 꽃비라 하더라도
내겐 상흔처럼 에일뿐이다

달큰한 사연이
이별의 전주곡으로 불현듯 찾아드니
화들짝 붉힌 꽃잎 깔린 이 길이
내 안에 머문 그리움이자 사랑이었다

이상이 사라진듯한 허무함도
황혼에 물든 낙화가 서럽게 운다 한들
어찌 네 빈 마음 붙잡을쏘냐
콩밭에 팥이 열려버린 그 가슴을

그리도 풋풋한 미소를 바랐건만
이미 늦었다는 사실만은
꽃비의 식어버린 가슴이 느낀 건데
그저 곁에 머물길 바라는 슬픔아

그런 이유일까
봄날의 설렘을 비손하면서도
널 사랑한다는 게 아픔이었음으로
이젠, 훌훌 날려 보내련다.

어디로 가는가

삼락 공원을 걸으며
그 무엇을 얻고자 한 것은 아니었는데
걷다 보니 머릿속엔 상념이 가득하다
평평한 잔디밭은 묵묵하면서도
발길을 붙잡아 되돌아보라는 듯
연두색 꼬챙이로 감성을 찔러댄다
살면서 잘잘못이 얼마나 많았던가
생사를 넘나들던 사연들
사무친 그리움에 흐느끼던 삶이
녹록지 않았다는 걸 알아버린 내가
이순을 향한 열차를 타버렸다
과연, 얼마큼 채우고 비우며 살았는지
헤아릴 수 없는 삶의 발자취에
가로수는 말없이 스쳐 가고
미세먼지로 한산한 공원은 꾹 다문다
이젠, 반환점 돌아버린 세월에
순응하는 듯한 어정쩡한 가슴이
아직, 뜨겁게 내뿜겠다는 방증에도
활짝 핀 꽃처럼 피어날지
이대로 시들어 버릴지는 모르지만
꼭 빛나는 인생이 아닐지라도
그저 바뀐 꿈, 가꿀 수 있는 젊음을
사랑할 수 있음에 감사하련다.

어느 가을날

사랑이 그렇더라

어느 정점에선
단풍처럼 붉어졌다가도
헛디딘 새침데기로 추락하고 만다

그대와 나처럼

한없이 타오를 것 같던
사랑도 단풍도
시들한 껍데기로 나뒹굴더라

더는 붉어지지 않을 홍엽으로
빈 가슴 물들인다

그렇게라도
가슴 여미어야 할 것 같은 그대와 나
시린 가을빛이 쿡쿡 찌른다.

함박눈은 슬펐다

서녘 하늘이 불타던 그때
바다도 가슴도 불더미에서 헤매더니
염전마저도 벌겋게 타들었다

허파를 뒤집는 세상 향한 심장을
녹여버린 잿더미 속인대도
누렁이는 제 피붙이만 찾는다

세월아
내 청춘 돌려다오
가슴을 에는 삭풍에 시달려도 좋아

싸락눈 살짝 싸대기 쳐도
뻣뻣한 고개 쳐든 송아지 울음이
저 밑바닥에 닿는다

세상을 뒤흔들지도 못하면서
들짐승 목구멍만 틀어막은 함박눈은
겨우 썰매 길 놓는다

하늘은 하얗게 살라는데 눈물이 난다

하얀 스카프 두른 여인
뽀얀 솜사탕 한 입 베어 물고
인생살이 깊은 사연 잿빛에 묻는다.

그리움

빛바랜
노을 앞에 무엇을 헤매는가
지나온 삶의 후회
곱씹어 무엇하리

동녘에
해 뜬다 한들 변할 거나 있을까

땡감이
홍시 되듯 인생은 익어가고
윤슬이 눈부셔도
수평선 보이더라

그윽한
황금빛으로 인생살이 빛날까

꽃무릇

낭창한
촛대봉에
불꽃을 피어놓고

봇물이 마르도록
애간장
녹이느냐

메밀꽃
별똥별 될 때
피눈물을
떨군다

제 3 부 기억이 슬퇴질 때

햇살은 온 누리에 행복을 안겨주고

달빛은 그리움과 추억을 비벼

애틋한 사랑을 그립니다

봄비가 흐른다

감성을 물씬하게 적신다
명치끝에 매달린 아릿한 사연들
하나둘 빗줄기 따라 흐른다
하늘은 저리도 울건만
울지 못하는 바보 같은 가슴아
참고 견디는 삶이 다는 아닐진대
둥근달을 동경하는 그리움처럼
하얀 밤 지샐 인생이라지만
빗물보다 못한 처연함에 몸서리친다
하늘아, 비야
난 너의 마음을 알겠는데
넌 어찌 내 심정 외면한 채 울리느냐
밤새워 울어버리면 어떡하라고
대지도 나목도 아플 텐데

기억이 슬퍼질 때

햇살은 온 누리에 행복을 안겨주고
달빛은 그리움과 추억을 비벼
애틋한 사랑을 그립니다

고운 모래 위에 마음 놓으면
한 가닥 희망을 들뜨게 하는 윤슬인데
파도는 가슴 찢기듯 한 아픔을
아랑곳없이 몽돌에 꿰매버립니다

물보라가 등 돌려 조가비랑 이별할 때
갈매기 부리가 모살 게를 잡아채듯
잃어버린 청춘과 사랑을 낚고 싶다

어느덧 수평선에 걸터앉은 석양은
이 가슴 붉도록 애무하지만
평정심을 되찾은 밋밋한 마음인데
상념에 밟힌 은빛 모래가 신음을 토해냅니다

터벅거리며 떠밀린 물거품을
매몰차게 갈라친 파도의 한숨 소리는
고개를 떨군 그 사람 마음일까
땅거미 지기 전 지워야 할 기억이
슬그머니 바닷속으로 가라앉습니다.

또다시 가을은

강가의 은빛 갈대가 서걱댈 때
아련한 그리움을
석양 노을이 태우더라

들녘의 황금물결이 사라질 때
출출한 논밭두렁
허수아비가 서성인다

만추의 끝자락을 붙잡고

해변의 하얀 포말을 추억할 때
황혼의 수채화를
은빛 모래가 그리더라

단풍이 산불에 맞불을 놀 때
꼼지락 역마살을
뒹군 낙엽이 부추긴다.

그땐, 그랬어

하늘이 불타던 날
언덕에서 흐느끼던 횅한 바람이
아프게도 할퀴었다

후회와 허무를 감싸는 신음은
심장을 갉아 먹은 석양 탓일진대
어둠 속에서 또 얼마나 달래야 하나

서러운 인생살이처럼
시리디 시린 가슴 에이던 삭풍이
허무한 청춘마저 농락하였다

곱씹으며 삼킨 설움들
폭설에 갇혀버린 까투리 울음처럼
영혼을 울리며 허공에 숨어들었다

침묵이 헛발질한 발자국 지우고
쓰라린 가슴을 무디게 하는
밉살스러운 너를 외면하고 싶을 때

그 외면하지 못한 그리움이
폭설에 꾹 박혔다

아픈 기억을 움켜쥔 고뇌가 사라지듯
따뜻한 마음마저 온데간데없고
퍼붓는 함박눈이 저승꽃이었으리라.

생각만 해도

수평선에
대롱대롱 매달린 그리움아
먼 파도 출렁임을 내 어찌 알겠느냐

노을은 붉고 붉은데
긴 한숨만 내쉰다

파도에
흐느끼던 애달픈 물거품아
제 한 몸 부서져도 말 못 할 가슴앓이

돛단배 밑동 뚫리듯
스러져갈 설움아

초승달에
걸터앉은 외로운 기러기야
가슴이 구슬퍼서 애간장 녹아든다

백번을 그리워한들
무슨 소용 있으랴

아기제비들

닮았다
뼛골 쑤시는 어미 맘도 모르는
제비 새끼들 처마 밑의 아우성이
그 옛날 치기를 부추겨 가슴 울린다

쉴 새 없는 날갯짓에
벌레와 잠자리의 비명횡사는
갈대와 강아지풀이 둠벙에 감춰 듯이

지금 저 새끼들이랑
그때 보채던 아기가 뭣을 알겠어

배곯아도 자식들 챙겨야 할
하늘이 정한 숙명 같은 모정을
울 엄마랑 어미 제비라고 달랐겠냐고

애지중지 기른 정
주름과 날개깃의 희망은
붉게 타오르는 석양이었을 텐데

살다 보니
기대에 못 미친 부평초 같은 인생
지하의 통곡이 귓전을 때린다

울지 말아라, 아가야

그냥

연둣빛이 녹음으로 짙어간다
몽글거리던 가슴에 슬픔이 드리우듯
청아한 새소리만 들린다

그늘진 산들바람이 체온에 스미어
무념무상 의지를 꺾으려는지
살갗을 두두룩하게 곤추세운다

갇힌 새가 자유를 찾는 것처럼
뜨거운 햇볕을 피하고 싶었을 뿐인데
흰동백꽃 몇 송이가 웃고 있다

내 안의 푸념을 묵묵히 삭히려던 거지
왜 애꿎은 자연을 탓을 할까

넌 참, 곱지만 밉다
네가 가면 언제 볼 수 있으려나
화사하게 웃는 네 모습을

겨울 봄이 가고 초여름 시작인데
늦가을의 부스럭거리는 소리와
엄동설한은 어찌 싸맬 건지

순간의 빛이 스며들듯
상념을 떨칠 새소리가 우렁하다.

단풍처럼

고요한 어둠 속에
내 마음이 별빛처럼 반짝이는 건
그댈 향한 애틋함이 흐르기 때문이야

흐르는 마음을 가슴에 쌓으려니
밤고구마에 목메듯 답답하기 그지없고
태연한 척하자니 은근히 설뚱하다

아서라, 잠 못 이룬다고
곳간 들락날락한 생쥐가 멈칫하겠냐
먹이사슬에 부엉이가 어룽어룽하겠냐마는

깊어진 가을밤 보슬비 내린다
어쩜 배고픈 아가야 배부를 갈망처럼
저 비도 제 아픈 사랑일 거야

내 그리움 태울 때까지

가로등 불빛에 엔진을 달아
단풍 같은 그대에게 스밀 수만 있다면
아린 빗물 삼킬지라도 머물고 싶다.

너에게로

심장을 징검다리 돌 밑에 두렵니다
밟고 찧고 할퀼수록 더 다져지는
그 아픔들을 냇물에 씻어내렵니다

끈질긴 물결이 살랑거리고
얄팍한 물고기가 꼬드겨도
달빛 타는 세레나데를 듣고 싶습니다

설령
모진 풍파에 인생이 짓밟히고
몹쓸 태풍에 부평초가 휘말릴지언정
또다시 믿음의 버팀목을 놓으렵니다

먹구름에 천둥이 가슴을 쓸어가도
햇살을 찾는 민들레와 해바라기처럼
기꺼이 당신을 기다리렵니다

행여, 냇물이 메말라서
삭막한 모래알이 서걱거려도
오롯이 단비가 오는 날 손꼽으렵니다

영원한 언약은 하늘의 소관이지만
이 마음 이대로 생사 갈림길에서도
가슴 아린 애틋함으로 불타오를 텐데

함박눈이 펑펑 내렸으면 좋겠습니다.

詩

詩란 참, 아름답다
사람의 마음을 움직이게 하며
저 밑 감성을 푹푹 찔러댄다

과거와 현재를 연상하여 승화시키고
미지를 향해 자유로운 영혼이 날듯
훨훨 유영시킨다

그렇게 썩
아름다움이 묻어있지 않더라도
누군가는 가슴을 열어
감동과 여운을 붙잡아 기억 더듬겠지

미친놈 머리카락 헝클어졌듯이
알쏭달쏭한 내면의 표출일지언정
그마저 아름다울 詩

난, 어설픈 詩라도 짓는다.

초설

꽃송이
살랑살랑 저리도 예쁠 수가
우쭐한 설레임에 뭉개질 서러움아
하얗게 그림 그린들
무슨 의미 있으랴

눈구름
내려앉아 온 세상 정화하니
설원의 황홀경에 발자국 사무친다
추억이 눈물겨우면
얼음꽃도 피더라

그곳에 가면

자아 성찰의 고행 속
깨달음이 우렁할 수 있고
영원한 추억 새길 그곳에 가고 싶다

청아한 새소리에 심신을 어르며
운무가 흘리는 이슬에 멱을 감고
상쾌한 바람의 음률을 타고 싶다

비록,
어제와 다른 느낌으로 와닿는 오늘
헤집은 내면의 상처를 자연에 던져
가슴 터지게 웃어보고 싶다

회의로 가득 찬 삶에 해탈 잊은 영혼
행복하다는 진실에 머뭇거리며
자신의 본 모습 가면을 씌운다

가고 싶은 곳에 머물 때
궁적상적 유토피아 내게 있으리라
기대하는 것조차 나만의 생각일까

왠지 그곳에 가면
해탈의 궁극, 달려올 것만 같다.

제목 : 그곳에 가면
시낭송 : 박영애
스마트폰으로 QR 코드를 스캔하면
시낭송을 감상할 수 있습니다.

갈대의 마음

갈대는
살랑거리던 바람에는 웃었고
폭풍우에는 굽신거리며 고개 숙였다

그리 흔들며 춤추고 싶었을까
아니, 세파에 시달리고 괴로워
더는 흔들지 말라며
참아야만 했던 화를 감당치 못해
몸으로 흐느끼는 거다

할퀴고 흔들어도
잠시 휠지언정 흐트러짐 없는
묵묵한 절개에
아,
우는 것은 바람이었다

꼿꼿하면서 유연한 여유로
어둑한 그림자가 싫어
세상 이치에 순응하는 듯한 갈대는
어릿광대의 초월한 삶이었다.

시집 보내던 날

행복에 겨운 너의 미소는
서로 맞잡은 손끝으로 전해지고
시간을 거슬러 가슴 아린 아비는
그날의 기억 속에 머문다

까마득히 잊고 지냈던
레드카펫 위의 풍경
떨리는 손바닥 흥건히 적시며
가슴으로 우시던 당신의 심정은
이 마음이었으리라

서로의 가슴에 별과 달이 되어
흐르는 세월에 삶이 힘겨워도
마음이 하나가 되어 행복하기만을 비손하며
눈동자에 맺힌 이슬을 꿀꺽 삼켜본다

따뜻한 동행으로 웃음 그칠 날 없이
사랑 꽃피우고 열매를 맺어
돌보다 굳은 의지를 품고
곱고도 예쁘게 살아갔으면 좋겠다.

백설 속에 핀 꽃

붉은 치맛자락 칼바람에 휘날리고
오매불망하던 동박새
제짝인 양 스스럼없이 탐닉한다

고고한 달빛 품은 정열의 꽃
백설 속에 요염한 몸짓으로
피눈물 흘릴듯한 시린 사랑이란들
결코, 향기가 없다

오로지,
한 사랑을 간구한 비장한 절개가
모가지 꺾을만한 애달픈 사연인가
용광로처럼 불탄 동박이 애처롭다

저 먼 수평선에 움츠렸던
그리움의 열정마저 초월한 태무심
말 못 할 사유가 사위어가듯
호한의 가슴을 설렁설렁 녹인다.

지지 않는 꽃

그대라서
아침에 눈을 떠도 눈을 감아도
아른거리는 얼굴의 그대가
그리워도 보고파도 볼 수가 없지만
그대 때문에 가슴 설레고
알 수 없는 충만한 미소가 머뭅니다
매일 심장을 두근거리게 하고
아리게도 하는 야속한 사람이지만
그래도 미워할 수 없는 그대는
내가 선택한 사랑이기 때문입니다
그대 사랑의 보폭에 맞추는
애틋한 이 아침부터 밤새워 뒤척여도
화사한 해당화 웃음으로
그대를 그린답니다.

애증

삶의 상흔을
털어내 버리려고
발버둥친들

딱
달라붙는 기억이
지워지던가

세월이 약이라지만
그마저
슬픈 속임수더라.

너, 멋있어

댓잎 휘파람
움 속에 잠든 꽃잎 깨우면
살포시 들춘 연분홍빛 치맛자락
안개가 은근히 감싸 안았다

봄빛 따라서
화사하게 피어나는 얼굴
조그마한 새 한 마리 음파 던지면
활짝 핀 웃음 계곡을 적신다

그리움 찾아
개울물 따라서 가면
반가운 낯빛에 붉은 입술이
뜨거운 입맞춤으로 반겨주겠지

둥실 구름이 구르면
언뜻 스치는 처녀의 부끄럼 간질이는
바람을 막아선 작은 날개의
심술 외면한 시선 동녘에 닿는다

저 빛을 따라서 봄바람 너도 가겠지.

소풍 가는 길

하늘도 슬픔에 겨워
몸부림치며 인도하는 길
비바람에 공중부양하는 종이꽃
영혼을 따를 때 가슴이 울었다

온 산 뒤덮은 두견화 붉은 울음 울고
비통함을 이기지 못해
꿇어 엎드린 무릎과 억누른 감정은
쓰러지고 꺾이었다

자네도 곧 나를 따를걸세
남편의 뜻을 따라서 간 연분홍 사랑
하늘이 울고 두견새도 울던 날
서러운 소풍 길에 오른다

봄이면 어김없이 흐드러지게 찾아와
목놓아 부르는 망부가
봉분 곁에 핀 두견화를 보며
그날의 기억을 수놓는다.

풍경 속에서 자아를

갈대를 태울 것 같은 노을처럼
헛헛한 마음 뜨겁게 달궈줄 그리움
가슴속 깊숙이 내려 앉히고

황금 물결치는 가을 풍경에
풍요로운 미소와 행복 채워줄
후덕한 정을 담고 싶다

허수아비가
석양 노을과 황금물결을 맞이한들
어떤 의미로 부여될까마는
때론, 그 허수아비가 되고 싶었다

따가운 햇볕이 살갗을 태우고
참새가 날아와 벼 이삭을 할퀴더라도
흔들림 없이 소슬바람 흘려보내듯

그렇게, 그렇게
모든 고뇌 삼키며 악물고 다져서
갈망했던 인생길을 가련다.

첫 그림 그리고 겨울

찬 서리 맺힌 앙상한 가지에
한기 부르르 떠는 이슥한 밤을
하얀 날개 펴고 질서 없이 날린다

설레던 마음 걸친
발그레한 볼은 초겨울이 매서워
어정쩡하게 오른 취기마저 움찔한다

첫 꽃가루에 얼굴을 묻으면
행운을 가져다줄 것만 같은
어린 추억이 물씬거려
소소한 행복의 미소는 입술에 걸리고

가물가물 첫사랑이 조심이 다가서는데
염병할 클랙슨이 환상 속을 헤집어
흥겨운 기억은 아쉽게 멀어져가는 밤거리

한밤의 오케스트라 하얀 연주에 취해
아늑한 온기에 무뎌진
눈꺼풀의 떨림이 버거워질 때쯤

또박또박 찍히는
하얀 길 위의 구두 발자국
또다시 집 앞에서 설렘을 그린다.

빈 잔을 채우며

한잔이 좋았다
송곳 같은 잡념을 연거푸 들이키니
소금을 맞은 미꾸라지 파닥거림이다

그 꼬락서니에 뒤틀린
싱싱한 회가 도마에 넙죽 엎드려도
좀처럼 게으른 젓가락은 나설 일 없고
얼떨떨한 술잔만 주구장창 노래한다

두어 잔 더하겠다는
그 속앓이를 묻지 말아라
대가리도 살겠다고 발버둥 친다
하물며 묵언의 술잔 오죽하겠냐

그냥 입술만 빌려준 것뿐인데
가슴은 잘린 대가리처럼 쓰리고
휴대전화는 쓸데없이 뜨거워진다

술잔은 말똥말똥 멀쩡한데
매몰찬 응대에 가슴만 너덜너덜해진다

차라리
빈 병에 푸념이나 담을 걸
하얀 독백은 휑한 바람에 숨는다.

느낄 만큼만

메마른 저수지에 물이 고이면
생명의 근원으로 시끌벅적거리고
고요한 바람에도 일렁일 것이다

햇볕의 부대낌에 메마르다가
비 내리면 채워지고 넘치다가도
언젠가는 밑바닥 보일 때가 있다

사람도 그렇다

세파에 속마음 보이다가
언제 그랬냐는 둥 희희낙락거리지만
격한 감정으로 화를 자처하기도
쓸데없는 푼수 짓으로 민망해한다

강물엔 인생이 흐른다
자연의 철학이요 하늘의 진리에
부족한 자아를 채울 위안을 찾는다

자연은 우리 마음을 다 알고 있다

고요하든 출렁이든
잔물결에 빛나는 윤슬이던지
어찌 알고 딱, 느낄 만큼 표현해준다.

제4부 발자국

잘난 인생 못난 인생
모든 만물의 발자취를 더듬은들
무슨 소용 있으랴
오직 남은 자의 몫, 미련 두지 말자

커피 향

다소곳한 향기
걸어온 흔적 기억을 휘저어
행복했던 삶을 버무린
인생과 추억을 마신다

진하게 가슴을 스미어
그땐 그랬지 함박웃음으로
화답할 수 있는
차 한 잔의 여유

하이얀 이팝꽃이 잔에 잠길 때
숭늉 사발 쌀알로 둥실 떠오른
부모 형제 그리는 아련함에
울컥 밀려오는 쌉싸름한 향기가 그냥 좋다

마냥 가는 구름을 느낄 감성이 있어
진한 여정을 가슴에 담아
되돌아보며 재충전할 수 있는 추억
톡톡 터뜨리는 네가 있어 웃는다.

제목 : 커피 향
시낭송 : 박영애
스마트폰으로 QR 코드를 스캔하면
시낭송을 감상할 수 있습니다.

발자국

소복한 먼지 위에 쌓은 여정
질퍽이는 황톳길에 박힌 발자국마저
세월을 따라서 사위어간다

팍팍한 길을 걸으며
부족은 채워지고 넘침은 덜어내
맞물려 돌아가는 톱니바퀴 같은 인연

깊은 강물, 높은 산 우듬지의
단단한 바위마저 그러하듯이
메꿔지고 깎이며 몸을 바꾸어 간다

잘난 인생 못난 인생
모든 만물의 발자취를 더듬은들
무슨 소용 있으랴
오직 남은 자의 몫, 미련 두지 말자

내가 너 아니고
네가 나 아닌 것에 감사하며
마음 닿을 곳으로 쉬엄쉬엄 가려무나

바람에 살랑이는 연약한 잎새가
모진 풍파에도 끄떡없이 버티며
한 생을 누린들 뉘 뭐라 하겠느냐

불붙은 가을

갈바람 무시로 불어오면
솜털을 뭉텅 털려버린 슬픈 갈대를
유속에 실려 물들어가는 석양이
온 세상 태우듯 호수마저 삼켜버렸다

가슴을 열고 또 열어봐도 내보일 것은 없는데
채울 것마저 흔적을 지운
들녘 타고 흠칫흠칫 스치던 볕뉘
동그마니 앉았다

찰나의 끄트머리
후각을 자극하는 마른 단풍 내음에
헛웃음 지으며 의미를 부여해보지만
음전한 네 깊은 뜻을 어찌 알겠느냐

바스락거리는 낙엽의 속내를
잣나무 우듬지에 걸어두면
지나던 물안개가 촉촉이 적셔줄까

이리도 빨리 꺼져버릴 불꽃이면서
나그네 설움은 왜 붙잡았나
여운이나마 남길 곁눈질 외면한 채
어둠의 정령 속으로 사위어간다.

새해맞이

징그럽게 춥다
명상하기 딱 좋은 이 날씨에
노곤함을 수증기가 달랜다

수많은 생각이 스치더니
술빵처럼 부푼다

문득
묵은 사연의 거시기를
그냥 밀어버리고 싶었다

어라
송사리가 구들구들
출렁이는 물결 타고 노니는 저것들
하늘에서 떨어졌겠지

아마도
저걸 잡아서 새해 맞이하려는
나만의 비밀일 거야

슬쩍 물을 빼야겠다.

문명의 눈

순간의 포착 그 품에 안긴
모든 움직임은 정물화
바람을, 비를 정지시킨다

빛바랜 흑백 눈동자에
젊은 부모님과 어린 형제자매
어색한 웃음 흘리며 새겨져 있고

풀어놓는 추억은
아련한 그리움 그려
속으로 삼킨 영원의 시간을 걷는다

마음의 눈으로도
못 보는 세상의 모습
어둠을 불 밝혀 훤히 보듯이

순간의 빛을 모아
모든 사물을 내 품에 담는 마술사
기쁨과 추억을 남긴다.

애상

활짝 핀 얼굴에
슬픔이 빗물처럼 흐르면
심장 터질 듯
아플 거야

가슴에 핀
장미 한 송이가
시들어 버린 이유
너 때문일 거야

영원한 불꽃

찬란하게 떠오른 붉은 태양이
외로움에 몸부림치는
자그마한 바위섬을
포근히 감싸 안으며 위무한다

세찬 비바람 몰아쳐도
꿋꿋이 버티며 영원한 사랑을
백의민족 가슴에 심어놓고
행복한 기운을 북돋는다

윤슬의 바다를 나르는 갈매기 눈빛
파닥이는 은빛을 낚아채고
철썩철썩 때리는 파도가
민족의 혼을 일깨운다

홀로 아리랑처럼
슬프고도 가슴 아린 사연을 품은
이 아름답고 한 많은 우리 강산을
어찌 잊을까

먼 하늘

유난스러운 가뭄의 대지에
슬픈 바람이 흙먼지로 분칠을 한
못내 아쉬운 이별의 하얀 국화

굴곡진 세월에 구부정한 어르신들의
노안에 고인 눈물은 수십 년 함께한
이별의 아픔으로 가슴에 맺힌다

평생을 바쳐 정성으로 가꾼 논밭
주인 잃은 농작물과 호미의
무심한 듯 따가운 햇볕을 받는 속내

하늘은 멀기만 한데
스치는 바람은 감춰둔 눈물을 훔치고
그리던 향수는 구름 타고 훨훨 간다

동네 어귀 정자에 누워 더듬는 옛 추억
영상처럼 흐르는 생각의 뜰에 서서
어릴 적 추억을 베고 스르르 잠들고

훗날, 당신을 그리는 만큼
모든 걸 내려놓고 평온하시길
비손하는 손끝에 시린 바람이 스친다.

개미한테 물어보니

개미야 그리움이 무엇이냐 바람과 노니는 갈대에서 찾는가. 구름 비비고 나와 붉게 태우려는 석양 노을에서 두리번거리는가. 하면, 별이 부추겨 은밀한 맘마저 엿보는 달 속에서 술래 찾기한 적 있는가. 아니다, 그리움을 아무리 갸웃거려봐야 그건 사랑이다.

사랑하면서 욕망을 표출하지 못해 생긴 마음의 병으로 아파하는 거다. 물론, 그 그리움 가지각색이겠지만, 삼팔선 허물어버릴 답은 보고 싶음이다. 보고프니 그립고 그리우니 가슴 아리는 것이다. 사랑과 이별 속에, 이별한 뒤 사랑 속에, 마음이 가야지 보고 싶고, 보고 싶어야 그립듯 임을 봐야 사랑도 이뤄진다는 진리를 지나가는 개미가 싱긋이 답하더라.

인연의 고리

순풍 타고 부드럽게 나아갈 수 없는 걸까
성큼성큼 장애물 건너뛰며
기쁨 안았던 적 몇 번이나 될까
설원의 풍경 닮은 하얀 마음이
내 삶의 기쁨이요 멋이었다고
자신 있게 말할 자 몇이나 될까
잘살고 못살고 그만한 사유는 있을 터
그마저 초월할 수 있는 인생에
행복을 그려 넣을 수 있다면
해맑게 꾸던 꿈들이
봄눈 녹듯 사라졌다 해도 미련 없겠지
우리네 인생
어깨 활짝 펴고 힘찬 걸음 내디뎌도
눈치 볼 때 있지 않던가
아등바등 살아본들 깊어지던가
기백이 울울창창하다고 청춘이던가
지친 삶 얇은 인연에 슬픔을 묻고
나를 사랑하고 아껴주는
고운 인연이 당신이길 바라는 오늘.

흐린 날

붉은 노을을 따르자니
덧없는 인생에 눈물이 나고
세찬 바람을 맞으려니
시원해야 할 가슴이 답답해지던 날

먹구름이 성급히 달려가더니
화난 비바람 데려와 상흔을 남기고
축축한 햇살이 비죽거린다 한들
어찌 미약한 인간이 자연을 탓하랴

우주의 티끌만도 못한 인생사
바람, 구름처럼 왔다가 사라질 존재로
심히 창대하기까지는
그 뉘라서 고통을 외면했겠는가

그러나, 신작로와 굽이진 소로에
나름의 진리와 아픔이 서리듯
모난 돌멩이 같은 인생살이일지라도
생의 존엄성에 비천을 논하지 말라

공평한 하늘 아래 행 불행과
눈물겹던 삶에 고뇌하며 깨친 것은
비우고 사랑하는 배려심만이
전부가 아닌 것을 가슴은 알아버렸다.

마음이 흐른다

가린 마음 손으로 휘휘 저어
강물을 만날 수만 있다면
그 위에 그리움 흘려보내리라

석양이 스며든 수줍음으로
그대 가슴에 살짝 기대면
세월을 밀친 소원이 아늑히 고일 거야

강물에 띄우는 이 마음
그대가 포근히 감싸줄까요
아니다, 흘러가는 구름 붙잡아
쏜살같이 얹어놓고 살짝궁 엿볼거야

하늘 한번 올려다보고
강물을 내려다봐도 보이지 않아
심장이 말하는 사랑을 더듬어
지구 끝을 쫓는 허망한 눈빛을

하늘의 쪽빛은
시린 눈망울이 애처로운지
슬근거린 마음을 와락 품어버린다.

퍼즐 조각의 미완성

그냥 내리는 것은 비가 아니었나
내 머릿속을 헤집은 비바람이
기어이 가슴을 적시고 말았다

천둥 번개가 울부짖는 빗물에
온갖 아픈 사연을 게워내듯
슬픔의 눈물이었다

영원한 진실의 가면을 쓴 거짓된 얇은 인연도
때론 묻어야 하는 허무가 빗줄기에 실려
스며들고 뻗어간다는 걸 알고 말았다

삶의 아픔이 없기를 바랐건만
스치는 바람만도 못한 부질없는 사연에
하늘과 가슴은 기어이 울고 말았다

이 한밤 영혼을 적시고 지나간
쌓이고 쌓인 슬픔이 가시겠냐마는
냉한 가슴과 노여운 하늘은 개겠지.

그대 온정으로

햇살 같은 따뜻한 고운 마음이
시베리아 벌판을 녹이듯
냉랭했던 내 가슴속을 데웠다

기막힐 사연으로
무심한 듯 외면하고 싶은 인연이
형용할 수 없는 인내를 저울질했다

설탕과 당근으로
상처 입은 영혼에 밑밥질 하면
절뚝이던 그 마음은 더 아플 거야

오호라
세속을 등지고 온갖 부유물 게워내고
아무 일 없듯 풍경소리에 장단 맞출까

해맑은 눈동자에 이슬이 맺히고
미소 가득한 가슴엔 굴뚝이 내려앉는
졸렬한 풍파, 코털은 좌불안석이었다

흰 눈 내리기 전에 '져주고 이기자'
인생은 결국 혼자인 것처럼 사는 삶
너나들이 자웅 한들 '잘났다' 하면 돼
왜 그리 바람만 붙잡으려 했느냐

흐르고 흘러

낙엽이
떨어진들 나목이 춥겠냐만
덧없는 쓸쓸함에
바람이 더해진다

들판의
공허로움을 무엇으로 채울까

피 끓던
젊은 혈기 파 뿌리 되어가고
지천명 삶의 고뇌
가슴을 파고든다

세월을 덧칠한다고
그 청춘이 오겠느냐

낙엽

까만 밤에
무슨 짓을 했길래
맥없이 나뒹구는지

불태웠던 단풍의 허무
낙엽이 안다

결국
앙상한 까치발걸음이
처연하다

동백 아씨

해풍이
달곰한지 붉은 꽃 소담스럽다
칼바람 귀곡성에 갈매기 휘둥그레
동박새 제친 얼음 속
천생연분 맞이한다

작별이
아쉬운 듯 피눈물 떨군 아씨
굴뚝새 딴지 걸다 절개에 포롱거리고
훗날의 언약을 삼킨
야문 씨앗 반질하다

깊어질수록 무너지는 가슴에

그토록 감정선을 태울 것 같더니
노을 이울고 어스름이 내리면
개밥바라기가 빛을 낼 때
상념은 달빛에 사유를 들인다

희미한 그림자에 가려진
그 무엇에 침략을 받은 충격으로
과거와 현재의 이치마저 뜻을 잃었다

내 삶이 아니라며
가슴을 드잡이로 잘근잘근 씹어
명치에 힘을 넣었다

너 아닌 나에게 침범한
형체도 없는 그것에 지탱할 수 없는
악연의 버거움에 냉가슴 앓는다

"내 탓이요"
평정심을 되찾아와
뇌수에 버무려 웅건뇌락하면
미래의 행복이 송알송알 맺힐까

영혼을 일깨워라

비바람이 불어서
나뭇잎이 떨어지는 건 결코 아니다
갈 때를 아는 잎새가 스스로
제 갈 길 가는 숭고함이었다

잎새가 떠난다고 하여
나무는 슬퍼하거나 노여워하지도
연연한 것은 더더욱 아니었다

구속하거나 강요받지도 않는
섭리에 따른 존중의 지혜를 터득하여
또 다른 인연 맺을 진리를 놓더라

하나,
세상에서 유독 동물만은
오욕칠정으로 다툼이 빈번하지만
자연은 순리대로 그 어떤 형태로든
받아들이고 흘려보내더란 말이지

세상의 만물 중에는
보잘것없는 것은 하나도 없다
너 나 그 누구에겐 필요한 존재다
더불어 사는 인연 속에
단지, 솜털 같은 인연일 뿐이다.

낙엽이 아프다

가을이 좋은 건
이별의 아픔을 어르던 울림이
노래할 수 있기 때문이다

망각의 덫을 놓은 초승달
깨문 입술의 다짐과 고통을
한잔 술에 놓으련다

그댈 잊고 산다는 것
심장 찢어진 상흔의 그림자가
차갑게 멍울지고

청잣빛 갈바람에 젖은 그리움
발등에서 맴돌던 허무한 눈빛에
딱히 낙엽이 아프다

하여,
말갛게 지우려 했다는 것이
방황 속의 아름다운 아픔이었지만

그 서러운 가슴에도
미치도록 보고 싶었던 건
가슴에 보름달을 품었기 때문이야.

대명절

명절 때마다 뿌리내린 고향에
성묘나 부모 형제 찾아
선물을 한가득 준비하여
교통대란에도 뿌듯함이 충만한
귀성길에 나선다

하나,
기분 울적한 사람들이 많다
고향 갈 수도 부모 형제 만날 수 없어
눈물과 멍 때리며 가슴을 쓸어 담고
쓸쓸하게 명절을 보낸다

희비가 엇갈리는 명절 분위기
덕담으로 서로 위무하던 미풍양속은
갈수록 희미하게 변해가지만
주변을 둘러보는 배려심이
필요할 때가 명절이 아닐까

명절 전이나 끝나는 순간까지
기쁨과 울적함이 지속하겠지만
모두가 무탈하고 행복하게 지냈으면
더할 나위 없겠다.

못다 한 이야기

진솔한 염원 담아 쏟은 열정마저
태워버릴 것 같던 별똥별이
암흑으로 화살처럼 날아간다

허 참,
세파에 휘청거리며
한 줄기 빛을 내쏘다 멀어져가는
너를 붙잡지 못하는 것은
어쩜 예견된 이야기였어

가슴앓이로 지새던 밤을
도둑맞은 언약처럼 구겨진 사랑
피폐한 영혼이 세월을 탓하듯
북받친 설움으로 흐느낀다

천둥아,
큰 북을 울려라
모진 마음 다져 널 준비하며
가슴 쓸어내리는 그 슬픔을 때리고
상처마저 가져가거라

하늘아 구름아 너는 아느냐
무수한 별이 빛난들
긴 꼬리를 달고 사라지는
순간의 저 유성보다
서럽게 떨어질 수 없다는 것을..

아프지 말자

심신이 아프지 않은 이 어디 있으랴

혈육의 정에 아프고, 사랑과 인연에 괴로워하고, 삶에 지쳐 가슴 멍들고,
가진 게 많아도 마음이 빈곤한 사람
생과 사에 찢어지는 아픔들을
하늘과 땅, 주변인들이 대신하랴

살면서 아프면 아프다 하자
힘들면 뜨거운 눈물도 흘려보자
곪아 터지도록 참지 말고 뱉어보자
자칫 속마음 내보이려다 봉변이나
책잡히는 예도 있겠지만

그래도 참지 말고 마음을 열자
몹쓸 인간들보다 좋은 사람이 많다
서로 위무하고 침묵의 신뢰를 쌓으면
세상살이 두려울 게 있겠냐만
남의 약점 빗댄 비겁한 짓 하지 말자

아파보고 힘들어 봐야 그 느낌 알듯
그대도 꼭 그런 일 있을지니
너른 마음으로 선량하게 살아가자
텅 빈 가슴, 회색 눈빛 갖지 않게
아파하지도 아프게 하지도 말자

제 5 부 눈물의 의미

북녘 하늘만 바라보시며

피맺힌 그리움마저 감추시던

소리 없는 눈물을 그땐 몰랐습니다

술래가 찾는 꿈

꽃의 계절에
잎사귀 나풀대던 날
바람 타고 추락하는 비여

꽃잎을 슬프게 흔들고 있는 건
바람일까
너일까
짧은 삶 진 자리가 아프다

비우고 지워야 할 기억은
시간을 앞당겨 시들어 가는데
하냥 그렇게 비와 바람이 걷어간다

잎사귀의 뜨거운 사랑으로
애틋한 구애를 하는 날
나무의 변심은 산을 또 태우겠다

꽃피울 때 그 언약은
침범당한 산에서
성큼 다가서는 붉은 황혼에
놀란 가슴이 뒷걸음만 친다.

하얀 비 내리는 날엔

작달비 내리던 마당에
뜬금없이 미꾸라지 어슬렁거리고
불퉁한 볼때기 내민 개구리들이
쥔장 쳐다보는 눈동자 애처로웠다

장독대 옆에 핀 봉숭아꽃이
울먹이는 그리움의 사랑인지
빗물에 떠내려 보내는 연민인지
질퍽한 땅 위에 널브러졌다

뒤뜰에 싱싱한 부추 살포시 베어
시큼한 묵은지 잘잘 다져서
조갯살, 청양고추 요리조리 범벅 하여
돼지비계 덩이가 지글거릴 때면

백구는 콧구멍 킁킁 벌렁대며
쫑긋 세운 귀로 고개 갸웃거리니
한 조각 건넨 엄마 "너 줄 것 더 없다 저리 가~"

하얀 비 내리는 날엔
앞마당 뒤뜰 정경이 눈에 선하고
묵은지 부추전 개떡을 먹고 싶어도
마실 간 올 엄마 35년간 애끓게 한다.

이별한 후에

하늘은 저리도 푸른데 가슴은 질퍽하게 울고 있어 울지마라 울
지마라 하는 저 뭉게구름은 솜털 같이 미소짓는데 심장은 아직
도 너를 놓지 못한다. 널 잊고 싶어서 아니, 보내고 싶어서 여
행하며 산길을 걷고 거리를 걸을 때면 내 곁에 있는 듯해 그 먹
먹함을 떨구려는 이 못난 가슴 아리고 슬퍼져도 엷은 웃음으로
눈물 감추곤 했었어. 네가 무척이나 보고 싶을 때는 우울증 환
자처럼 방안에 틀어박혀 가슴을 부여잡았어. 그냥 하늘이 싫었
어. 네가 보는 것 같아 마음 심란했었지. 영원히 잊히지 않을
슬픈 기억, 잡아주라는 애절한 너의 눈빛이 문득문득 되살아나
는
굴레 같은 망상이 스칠 때마다 내 눈이 아파졌어. 세월이 흐
르는 건지 풍광을 보는 건지, 알 수 없는 시간을 채우듯 빈 가
슴 붙잡는 마음으로 울고 있어. 하늘아, 하늘아 함께할 수 없는
슬픔을 잊게 해 줘. 이젠, 평온을 찾고 싶다.

그리움 2

바라만 봐도
방실거릴
심장
얄밉다고
뿌루퉁 토라짐에도
시시때때로
송골송골
칭얼댈 사랑
아,
가슴 터질듯한
애간장

호접란

흰나비 애간장에
미소가
활짝 폈다

벼랑 끝에 매달린
희망의 밧줄 같은

가녀린 순백의 美에
박혀버린
눈동자

메마른 줄기에도
사랑이
흘렀는지

감동의 여운처럼
침묵은 달이 된다

파랑새 그리움일까
가슴앓이
빛으로

내 인생의 그림

젊은 혈기로 앞만 보고 달린 인생
어느 날 문득 정지된 공간에서
역동이 꿈틀대는 화면으로 이동한
엷고 강렬한 빛깔이
몸부림치던 흐느낌의 영원한 음률로
원시적 신비가 흐르는 여백의 미를 그린다

절망 끝에 선 희망의 빛을 향해
끊임없이 재촉하며 삶의 궤적을 이탈한
희미한 그림자 좇아 무한궤도를 걷는
혼미한 정신의 세계가
흐릿한 여백 위에 투명한 물감을 뿌려
허허로운 마음의 뿌리를 내린다

무(無)의 공간 안에서
유(有)의 세계를 백지 위에 새기듯
춤추며 노래하며 무거운 짐 내려놓았다.

눈물의 의미

북녘 하늘만 바라보시며
피맺힐 그리움마저 감추시던
소리 없는 눈물을 그땐 몰랐습니다

육이오로 산산이 부서진 삶과 인생
툇마루에서 하늘로 전하던 혈육의 정
이산가족의 상봉을 그땐 몰랐습니다

막걸리로 시름 놓으시던 사연마저
가슴 미어지고 원통했을 텐데
그 어떤 웃음인들 행복했을까요
세월을 거스른 통한이 느껴집니다

호랑이 같은 성품에 바지런하신 모습
수십 년이 흐르는 동안에도
선명한 그리움에 목젖이 울립니다

설령, 꿈엔들 잊겠나이까
심신이 고달픈 절망을 삼킬지언정
희망을 품고 사셨던 당신을

한평생 소원하시던 통일은 없어서
슬픈 미소만 지으시던 당신은
흙으로 변한 지가 오래전 일인데
넋이라도 갈 수가 있을까요

흐르는 인생아

기어이 벚꽃도 가고 장미도 갔다

녹음이 옅어지면 갈색 추억이 되고
추억이 바스러져야
하얀 세상맛을 보는 거야

매미의 열정을 누가 품었을까
밤새도록 사랑의 종을 치는
귀뚜라미 애처롭다

그러다
은빛 황금빛 어우러질 들녘에 질세라
깊은 산은 농염하게 태우다가도
이별을 예감하겠지

그런 거야
인생이나 자연이나
기억 속에 쌓이다가 스러지는 거지

진실을 외면한 인연에
청승 떨지 말자
가슴 야물어지면 또 멋질 거야

부뚜막

그땐,
심연의 불로 태웠을
고시랑 장작개비가 타닥거렸었다

엄마는 그랬다
속 뒤집는 울화통이 재가되도록
태우고 또 태웠다

제 살점 태워 애끓은
부지깽이 모정을
부뚜막이 알까, 자식이 알까

매운 연기에 기대어 서러움 쏟아붓고
증기기관차에 가슴을 실어
헛헛한 여행길 오르다가 만다

제 주인 잃은
부지깽이에 침묵이 흐르고

앙상한 뼈다귀 사랑 머뭇거릴 때
간고등어 콩나물 대가리는
목울대 지난 지 수십 년째다

그 부뚜막에선
엄마의 밥 향기 맛있게 피어난다.

끝났을 때

당당한 두더지가 떡하니 서 있다
터널을 뚫어보겠다고
까칠한 수풀을 제친 메마른 대지에
맞짱 뜰 태세다

기세등등한 굉음에
수풀은 속절없이 쓰러지고
거친 방망이질에 대지는 자지러진다

두더지가 얼마나 찍고 박고 돌렸으면
쾽한 땅속의 비음 쏟아낸 물줄기일까
터널은 소소한 도랑을 이루더니

어라,
요동치던 수맥을 건들고 만 것인지
봇물이 터진 듯 뻥뻥 뚫린 터널의
주체 못할 희열을 느낀 대지가
두더지에 앙탈했지만

기어이
불굴의 의지가 목적에 도달할 때쯤
가슴 휑한 허무를 느끼던 두더지
눈부신 햇살을 산뜻하게 맞는다

* 두더지: 터널 공사 기계 명칭.
  터널 공사 시작과 끝났을 때 표현을.

다 하지 못한 그리움

그리울 땐
거역하지 못할 황소처럼
제 할 일 하다가 가끔 하늘을 보자

그래도 붉어질 가슴이라면
달빛에 추억을 매달아
파도의 아픔처럼 하얗게 털어내자

풀풀 거리던 쓰라림도 사라지듯
빈 마음 바람으로 채워가며
어설픈 아집으로 이별을 품지 말자

시끌벅적한 투덕거림이 싫어서
가벼이 답한다고 하여
소갈머리 밴댕이는 되지 말자

세월도 흐르고 마음이 풀려야
진실도 가식도 후회의 늪에 닿을 테니
그때까진 속앓이쯤이야 괜찮겠지

시드는 꽃잎일지언정 존중할래요
은하수가 흐른 시공간을 초월했다면
그댄, 멋진 인생일 거야.

바람

추녀 끝에
덩그러니 매달린 풍경 하나

바람이 와서 흔들지 않으면
소리를 내지 못하겠지

바람이 불어야
비로소 온몸으로 울음 우는
청아한 울림이 낭창하게 휘감아 돈다

태풍은
병든 바다의 생명을 구원하고

바람이 만물의 무미건조한 삶에
활기를 불어넣어
살아볼 만한 세상을 만드는

그 뜻
올바르게 전할 이 어디에

가을의 정취

푸른 이파리 이울고
들녘의 형형색색 어우러짐은
계곡의 낙엽을 재촉한다

심장을 관통하는 쓰르라미의
끊어질 듯 애절한 선율 속에
가을이 익어가는 날

청설모의 보드라운 꼬리
멈칫 휘감아 치켜들고
참새의 허수아비 희롱은
꽉 찬 바람을 품었다

순응하는 계절에 禮를 갖춘
송골송골 맺히는 땀방울
옷소매 젖어 든다

풍성한 향기 스며드는 한낮
멍에를 벗어던진 황소의 뿔에
사뿐히 날아든 파랑새

잠깐의 휴식은
멀어지는 하늘을 품는다.

중년

그땐 그랬었다
언제나 풀잎에 맺힌 이슬처럼
영롱하게 빛날 줄

패기 넘친 기백 풋풋한 초록으로
내일의 오늘에 우뚝 서
젊음을 불태울 줄 거칠 것 없는 삶
행복한 미소 머물던 날들

문득
세월의 강을 건너 메말라버린 나를 본다

그땐 몰랐었다
깊어지는 계곡물에 젖은 솜 뭉치는
무거운 걸음에 실려 잡지 못한 시간에
질정 없이 이끌린다는 것을

먹어가는 숫자에 꺾여버린 인생
패기도 희망도 저만치서 비웃고
삼키는 설움이 등 떠미는
가파른 중년의 고갯길

예쁘게 물들어가는 단풍처럼
아름다운 삶이기를
유난히 붉은 노을이 섧다.

존재감으로

땅을 헤집고 나온 어린싹
그 어떤 존재로 기억에 남을지라도
한때는 푸른 청춘을 꽃피우다가
지고 마는 생이다

몰랐다
어쩌다 싹 틔워서 꽃피운 것뿐인데
흔한 들꽃인지 희귀종인지를
귀천에 따라 대접이 다르다는 것을

사람도 그렇다
욕망이 응축된 덩으로 태어나
팔자소관 운운하며 세상에 머물다가
금전의 희비가 엇갈려 삭정이처럼 사라진다

환경과 관념의 차이가 천차만별인데
미약한 존재가 현실을 직시한다 한들
인생은 호락호락, 삶이 녹록지 않은
버거운 인생살이다

열차가 훅 지나가는
가슴속 그 무엇의 울림이 서릴
그 마음인 것만 해도 다행 아닐는지.

겨울비

함박눈이 내릴 것 같은 하늘
차디찬 가랑비가 얼굴에 스미어
잠자던 감성을 깨운다

에둘러 전하던 진심이
차가운 메아리에 흐느끼지도
고개 숙이지도 않던 문명의 이기심

하늘의 슬픈 메시지를 알면서도
자연과 환경을 제쳐놓고
죽을 둥 살 둥 지옥문 두드리는 인간

아서라,
소한 집에서 염치없이 날궂이 하는데
동동주 권하며 반길 일인가

새소리가 사라지고
꽃과 단풍을 볼 수 없다면
계절마저 기억에서 사라질 텐데

춥지 않은 소한에
빗방울 소리가 달갑지 않은 것이
나만의 애먼 예감일까

민들레

키가 작은 깜찍한 녀석
온갖 척박한 환경 속에서도
초연한 인생처럼 싱글벙글하지만
끈질긴 생의 애환이 그려진다
때론, 시련이 얄궂게 할퀴듯
지나갈 땐 많이도 아팠을 거야
웃고 있어도 울고 있을 민들레야
어젯밤 빗속에서 춥지는 않았더냐
잘 견디어 홀씨 되어 날아가야지
어디서든 행복하게 지내려무나
널, 기억할게.

백일홍 지는 날

가을이 깊어지면
떨어지는 나뭇잎이
세월을 지고 가는 머무름 없는
인생사

왔던 길 되돌아가는 것을

필 때는 예쁘고
질 때는 슬픈 것
무심한 흐름에 미련을 둔다

화려하게 살다 가는 백일몽
영화를 갈망하는 욕심도
이별 끝자락은 허무인데

떠난 임 그리워
피멍울 부여잡은 맹꽁이
한 계절 사랑받고 가는 백일홍

누가 더 슬플까
인간의 잣대는 끝없이 간다.

초연

가슴 후비는 찌르레기 울음은
스산한 가슴에 스멀거리며
그리움의 덫을 놓았다

아파도 보고 상처마저 서러워야
은혜를 아는 소인배의 옹졸함이 벽을 타고

돌고 도는 바람개비 인생
찢어진 조각조각 흩어지는 아픔
어디로 흘러가나

부딪는 파도의 부서짐도
또 다른 생을 위한 몸부림
세파에 시달리다 스러짐인 것을

환상의 뭉게구름이
성난 파도의 물결에 휩쓸린
허무 닮은 수수롭은 한살이

오욕칠정 욕심낸들
들녘 풀 한 포기만도 못한 부질없음인데
그대와 나 여기까지 어떻게 흘러왔나
회한의 눈을 감는다.

코스모스

가녀린
춤사위에 잠자리 주책 떨고
참새의 입방아에 메뚜기 약 올랐다
갈대가 하늘거리면
왜가리는 잠들까

들녘의
살랑거림 가을을 노래하고
나만이 간직하는 사연은 깊어간다
뜸부기 날갯짓하면
추억마저 잊힐까

사랑하다 이별할 때

사랑과 이별의 갈림길에 서서
애만 태웁니다
어디에 하소연할 곳도 없이
가슴앓이는 밤이 가고 해가 떠도
지칠 줄을 모릅니다
느지막이 찾아온 사랑이
이리도 가슴 아픈 줄 몰랐습니다
이 순간이 아플지라도
지난날 행복한 순간도 있었길래
난, 그대를 미워하지 않으렵니다
우리의 인연이 여기까지지만
사랑했던 기억만은
오래도록 간직할 것 같습니다
그대에게 가벼운 사랑일지라도
그 사랑이 전부였습니다
이젠, 안부를 묻기에는
너무 가슴이 아파집니다.

다 그래

살다 보면
쓰디쓴 술 한잔을
맛보는 것도 인생이다

마시느냐 마느냐
선택이 아니라

꼭 한두 잔 쓴맛을 보게 한다

살아보니
인생은
딱, 그렇더라.

김재덕 시집

2020년 2월 13일 초판 1쇄
2020년 2월 18일 발행
지 은 이 : 김재덕
펴 낸 이 : 김락호
디자인 편집 : 이은희
기 획 : 시사랑음악사랑
연 락 처 : 1899-1341
홈페이지 주소 : www.poemmusic.net
E-Mail : poemarts@hanmail.net

정가 : 10,000원
ISBN : 979-11-6284-182-2